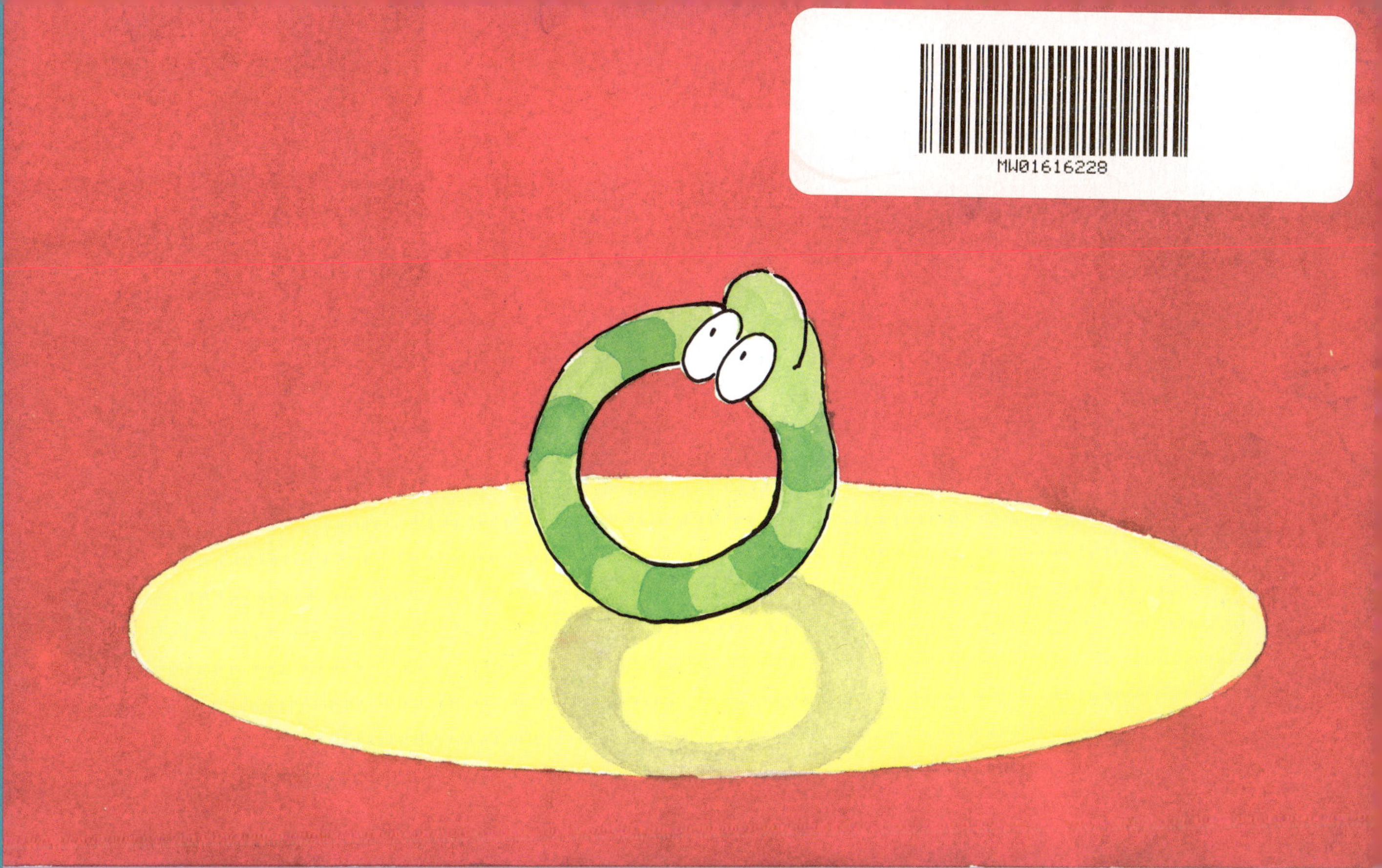

Worm is a circle.

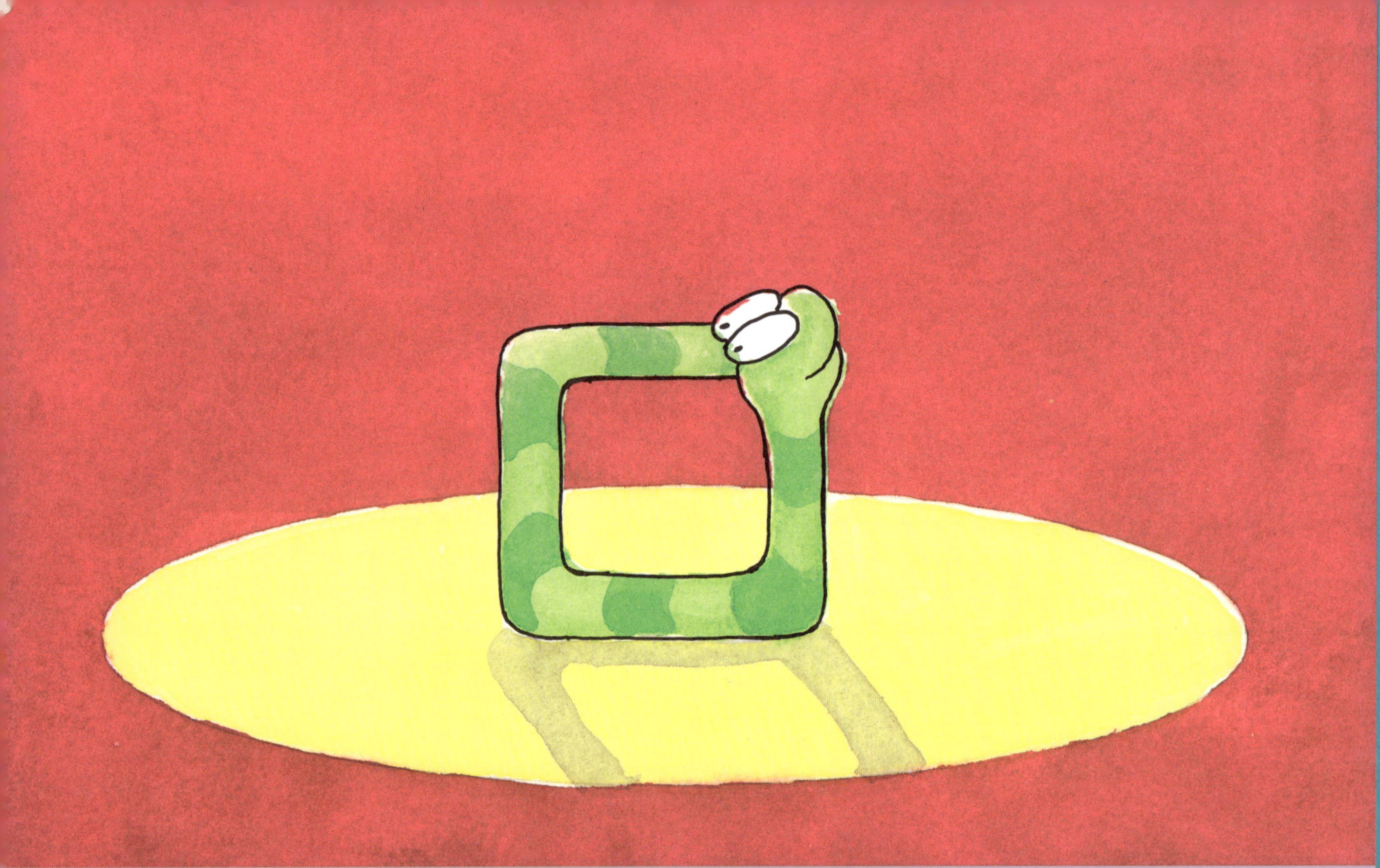

Worm is a square.

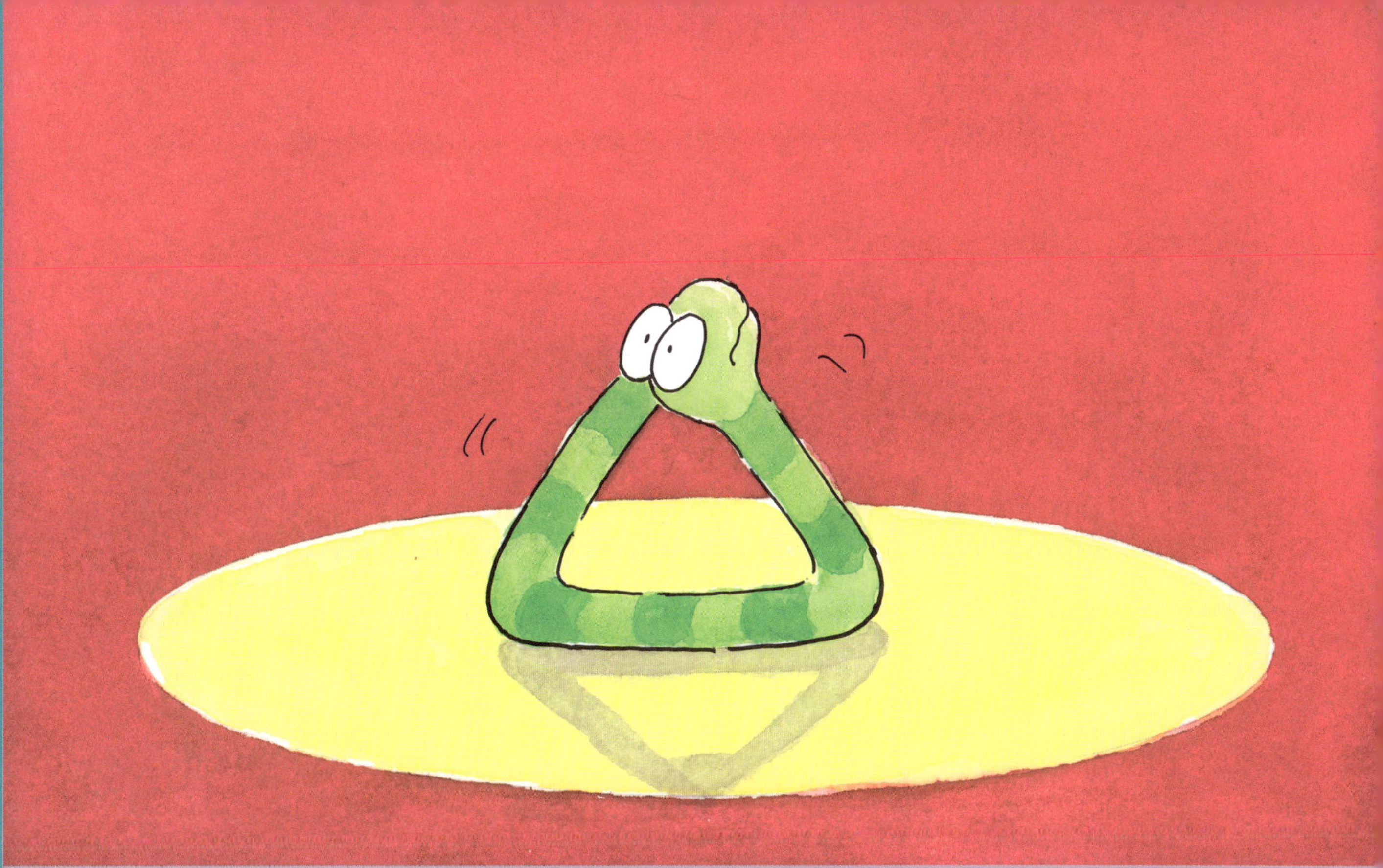

Worm is a triangle.

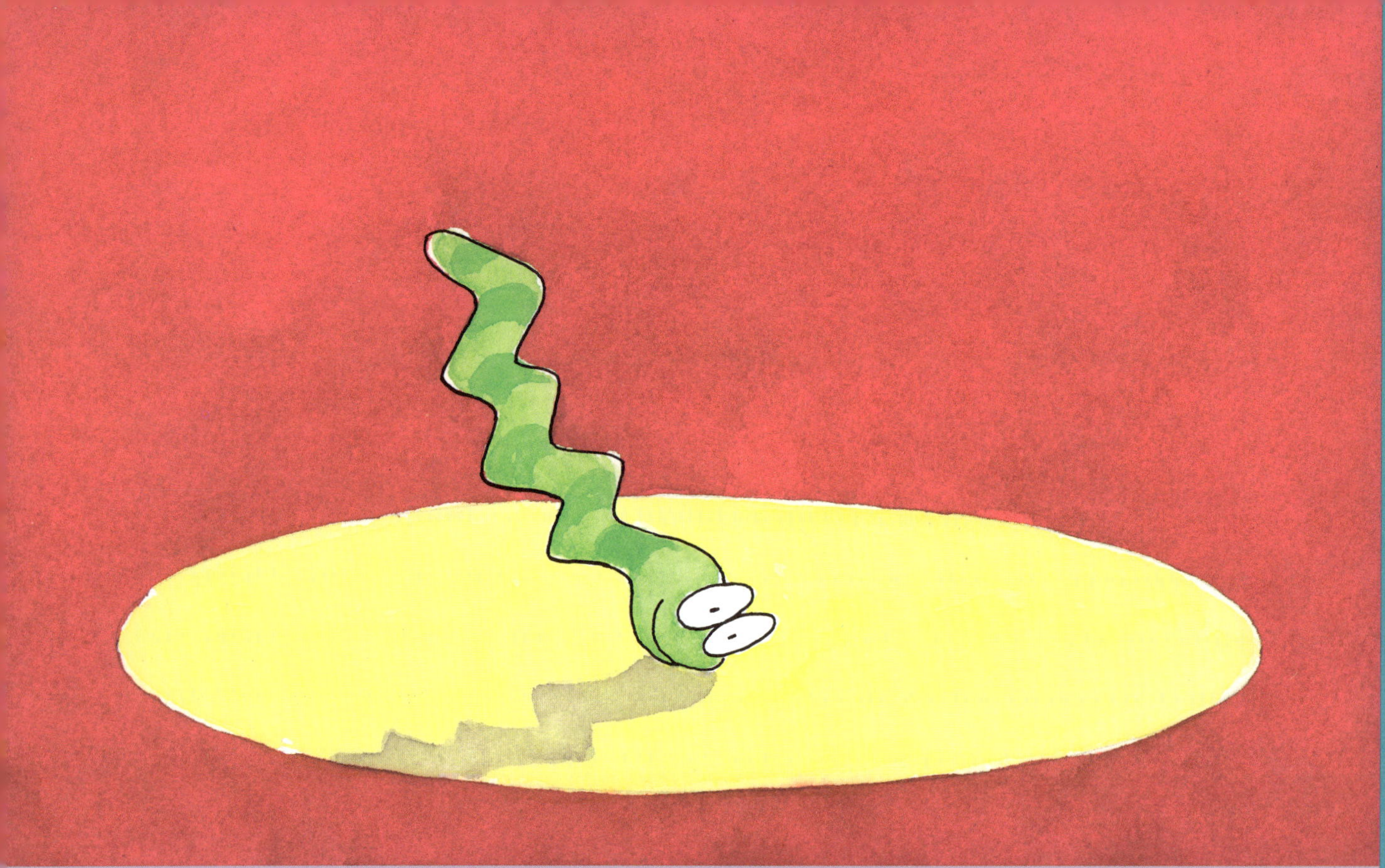

Worm is a zigzag.

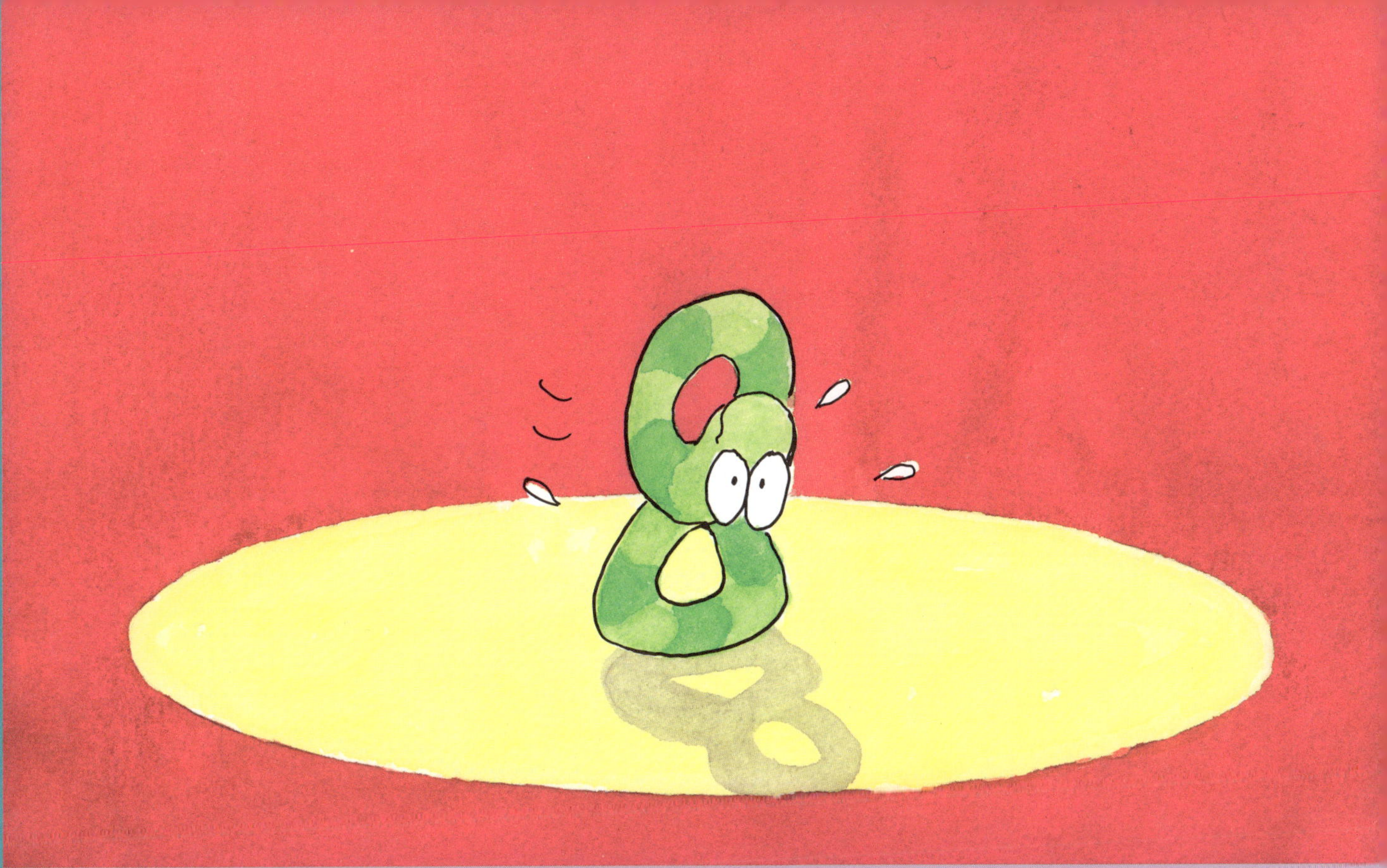

Worm is a figure eight.

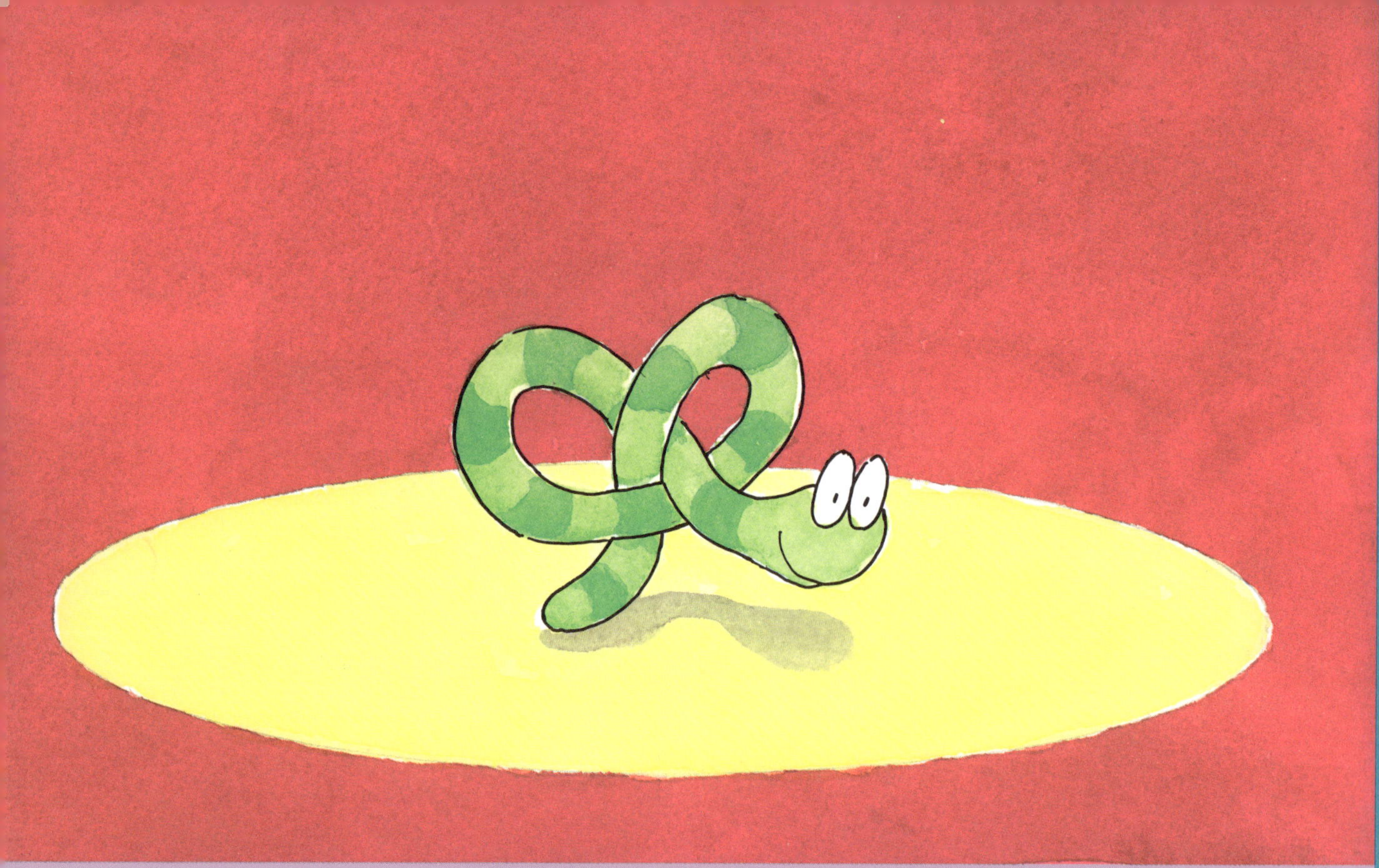

Worm is a bow.

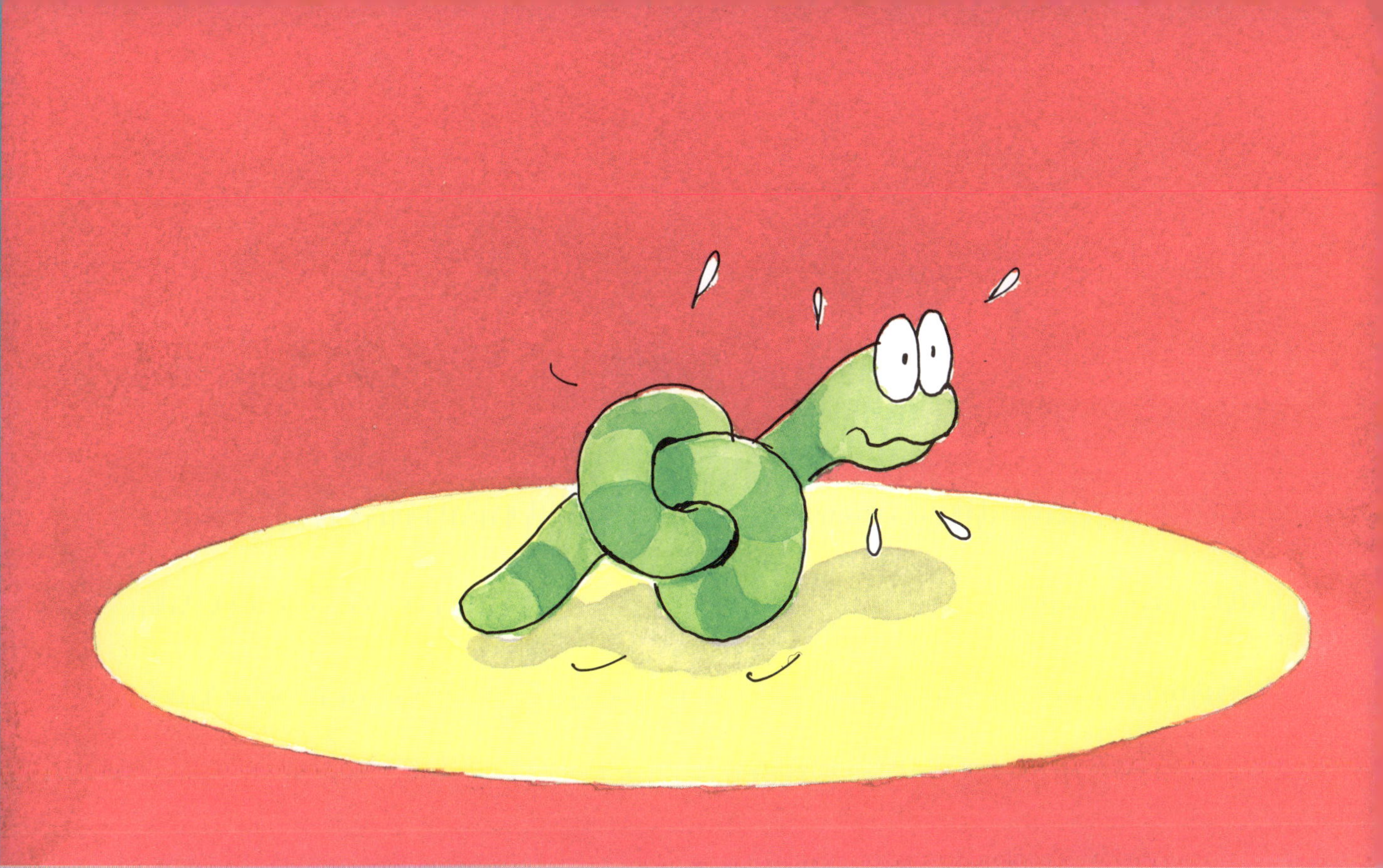

Worm is a knot.

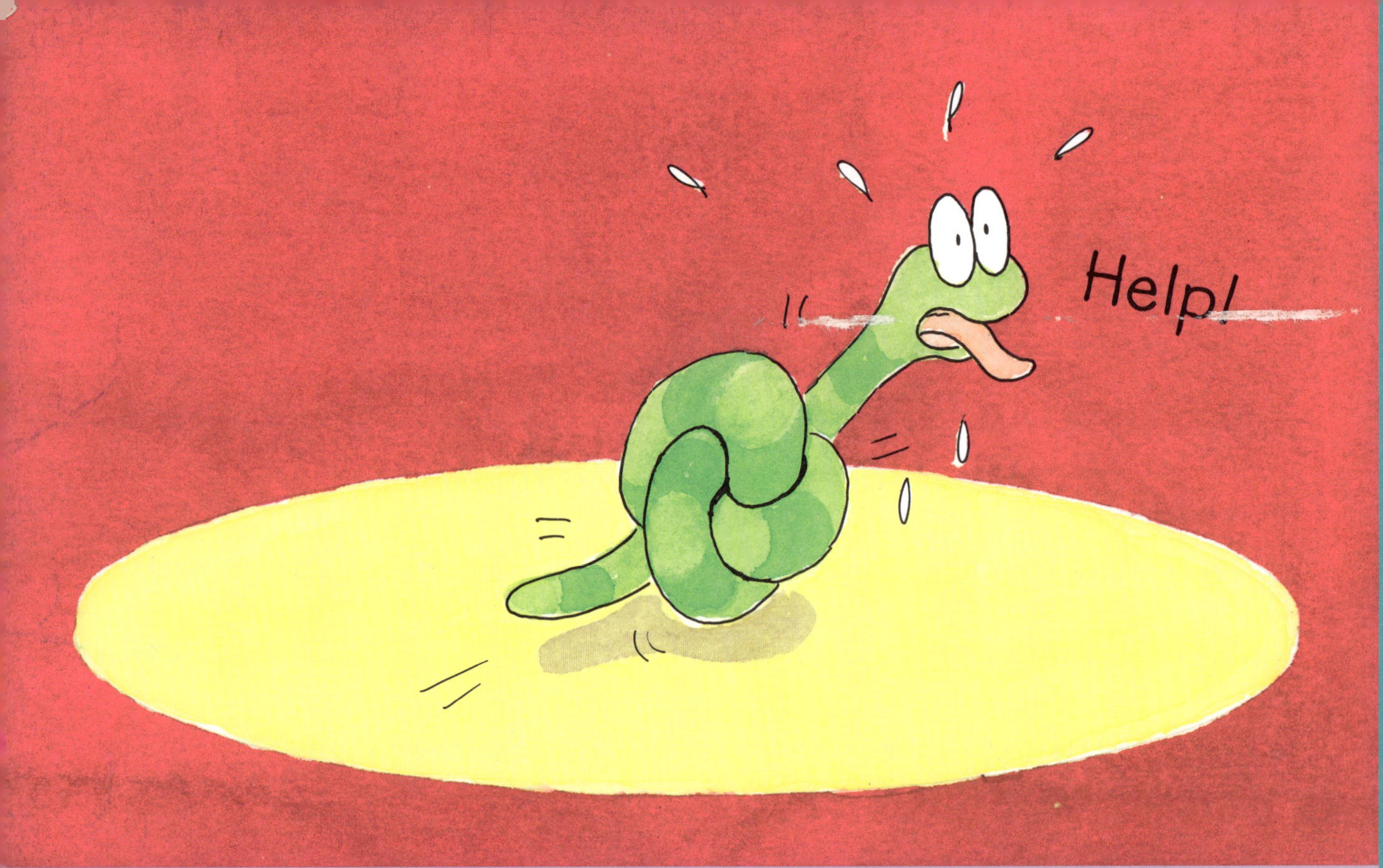

Worm is stuck.